特别观众

编 文　上海仪表电讯工业局工人文学创作组

绘 画　盛亮贤　吴冰玉　刘恩鸿

上海人民美術出版社

连环画文化魅力的断想
（代序）

2004年岁尾，以顾炳鑫先生绘制的连环画佳作《渡江侦察记》为代表的6种32开精装本问世后，迅速引起行家的关注和读者的厚爱，销售情况火爆，这一情景在寒冷冬季来临的日子里，像一团热火温暖着我们出版人的心。从表面上看，这次出书，出版社方面做了精心策划，图书制作精良和限量印刷也起到了一定的作用。但我体会这仍然是连环画的文化魅力影响着我们出版工作的结果。

连环画的文化魅力是什么？我们可能很难用一句话来解释。在新中国连环画发展过程中，人们过去最关心的现象是名家名作和它的阅读传播能力，很少去注意它已经形成的文化魅力。以我之见，连环画的魅力就在于它的大俗大雅的文化基础。今天当我们与连环画发展高峰期有了一定的时间距离时，就更清醒地认识到，连环画既是寻常百姓人家的阅读载体，又是中国绘画艺术殿堂中的一块瑰宝，把大俗的需求和大雅的创意如此和谐美妙地结合在一起，堪称文化上的"绝配"。来自民间，盛于社会，又汇入大江。我现在常把连环画的发展过程认定是一种民族大众文化形式的发展过程，也是一种真正"国粹"文化的形成过程。试想一下，当连环画爱好者和艺术大师们的心绪都沉浸在用线条、水墨以及色彩组成的一幅幅图画里，大家不分你我长幼地用相通语言在另一个天境里进行交流时，那是多么动人的场面。

今天，我们再一次体会到了这种欢悦气氛，我们出版工作者也为之触动了，连环画的文化魅力，将成为我们出版工作的精神支柱。我向所有读者表达我们的谢意时，也表示我们要继续做好我们的出版事业，让这种欢悦的气氛长驻人间。

感谢这么好的连环画！

感谢连环画的爱好者们！

上海人民美术出版社社长 李新

2005年1月6日

连环画《特别观众》创作于上世纪七十年代，限于当时的时代背景，这本连环画是专业与业余结合、老中青结合的产物。

尽管有时代的制约，但是我们的创作态度是严谨的。本书的脚本由上海仪表电讯工业局工会的潘音帆同志组织工人文学创作组编写；负责绘画的有三名成员，其中，盛亮贤和吴冰玉是上海人美社的专业画家，而吴冰玉当时正在上海无线电九厂"战高温"当工人；刘恩鸿是上海无线电六厂的青年美工。三人组成了《特别观众》的创作小组。

当时，为了创作这本连环画，我们三人到上海无线电十八厂蹲点，创作室就设在厂内。在搜集创作素材之际，我们不但下车间，接触工人以及各个技术人员，还到与连环画故事情节有关的诸如《智取威虎山》京剧团、美琪大戏院、东海舰队等单位和部队搜集第一手资料，绘制了大量速写素材，为创作打下了良好基础。

在创作过程中，为了既能让稿件具有统一的风格，又能发挥个人特长，我们决定分段起稿，然后一起研究，互学互助。从最初的调整统一初稿到改定精稿，三人花了很大功夫。比如，在落墨勾线时，由盛亮贤主勾重点人物形象及服饰衣纹等，吴冰玉、刘恩鸿二人就分担其他的人物及场景。应该说，我们的创作态度是认真严谨的，而且三人之间的合作既愉快又真诚。

鉴于时代的因素，我们在作品中力求突出主要人物，弘扬敢于进取、敢于胜利的英雄气概。需要说明的是，由于故事大多集中在"音响调音控制桌"的车间内展开，室内篇幅多，同一地方对话多，这就使得连环画在构思和构图上有了一定的局限性和约束性，这也造成了画面的不足。

一晃四十年过去了，虽然作品中留下了当时的时代烙印，但是当年那种追求艺术、追求完美的创作激情依然记忆犹新，依然是可以作为当今艺术创作的镜鉴。如今，连环画《特别观众》有幸获得再版，并恢复了作者的署名，这实在令人欣慰，往事已矣，唯有作品还可以留下持久的记忆。

吴冰玉　刘恩鸿
2013年5月

【**内容提要**】 上海飞跃无线电厂工人季长春在一次看戏时，发现剧场音响设备有问题，他主动接下了改进任务。在工作中，他充分发挥创造性，与新老技术员一道顺利完成了任务。

（1）江南春早，工农兵剧院里更是春意盎然。灯火通明的舞台上，一位化装成英武的解放军战士的报幕员报幕完毕，在《解放军进行曲》雄壮的乐声中，紫绒大幕缓缓拉开了。

（2）几千名观众都被京剧《智取威虎山》的精彩演出所吸引，谁也没注意到场子里有一名特别的观众，他一会儿猫着腰到近台，一会儿又贴着墙根走到最后排，好像是没有座位，又找不到合适的地方立脚似的。

（3）这时，他正屏息凝神地倾听着。那神情，似乎要从乐声的汪洋大海中镊取绣花针，也许，他要从"朔风吹，林涛吼"的滚滚声浪中捕捉细碎的雪花声。

（4）"同志，您的座位？"一位提着电筒的剧场工作人员来到他身边。他这才被惊醒了似的连说："在前面，在前面。"随即轻手轻脚地走到前座的一个空位子上。

（5）坐定以后，他轻声问旁边的一个女青年："小张，你觉得效果怎样？"小张连连称好。他却若有所思地说："是啊，多好的戏！可惜美中不足。""美中不足？"小张惊讶地朝他看着。

（6）他指着台前上空的一只音柱说："声音很厚实，但明亮度不够。另外，噪声也嫌大。"小张侧着头细听了一会儿，说："是高音不足吧？"那人点了点头："最好再亲耳听演员唱一段，作个比较。"

（7）戏散场后，那人和小张来到后台，找到了负责剧场音响效果的老李同志。老李热情地请这两名观众到装置着播音控制设备的机房里坐下。剧场的音响效果，就是通过这些设备控制和调节的。

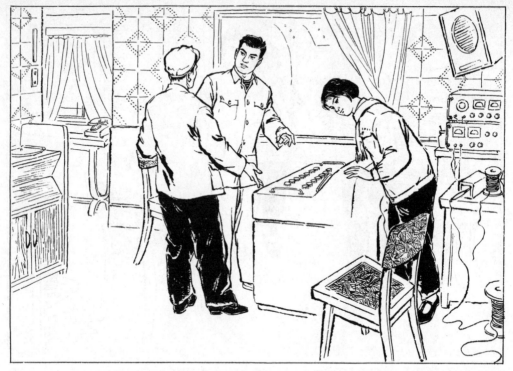

（8）那人扫视了一眼机房里的设备，建议老李把高音再提升一点，可以使音色更丰富、逼真。谁知老李无可奈何地把手一摊："机器不争气啊，高音一提升，噪声、失真都要加大。"

（9）那人听了微微一笑，说："机器不争气，要靠人争气。"可是老李露出一副说来话长的神气："现在是'拖着黄牛当马骑'啊！"接着他讲起了三年前的一件往事——

（10）"三年前，我曾去过一个研究所，请他们设计一台新型的高传真调音控制桌。接待我的是个精通电声专业的技术员。他一看剧团提出的技术要求，连连摇头说：'照这要求，目前只有从国外进口。真惭愧，爱莫能助啊！'

（11）"后来，那个技术员总算帮我们把旧设备修理改进了一下，就'拖着黄牛当马骑'，一直用到现在。"听老李说到这儿，小张有点气愤地插上了嘴："咳，真不争气！"她那同伴也微微蹙起眉毛，陷入了沉思。

（12）他不紧不慢地问："我国电子工业这几年面貌日新月异，你为什么不去找找工人呢？"老李觉得这话有分量，不由仔细打量了一下对方，急切地问："同志，贵姓？""姓季，季长春，飞跃无线电厂的工人。"

（13）小张在一旁补充："季师傅是厂党支部委员，新产品试制组组长。"
老李满怀希望地说："今年是毛主席《在延安文艺座谈会上的讲话》发表
三十周年，老师傅能不能支持我们，革掉'老黄牛'的命？"季长春答道：
"这是我们的责任。"

（14）他和小张交换了一下眼色，又对老李提出，能不能让他们再直接听演员唱一段，作个比较？老李爽快地答应了。

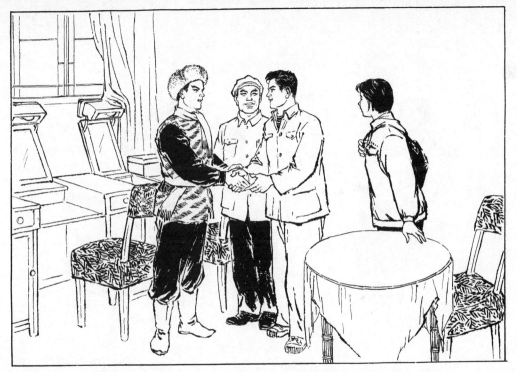

（15）老李领着季长春和小张，找到了扮演杨子荣的青年郑大雄，向他说明了两人的来意。郑大雄感兴趣地打量了一下这两位特别观众，说："行啊，唱哪一段呢？"季长春道："就请唱'越是艰险越向前'一段。"

（16）郑大雄点点头，静默了一会儿，忽然眉头一扬："参谋长！"接着就满怀激情地放声唱了起来。

（17）"……明知征途有艰险，越是艰险越向前……"他唱得声调高昂、刚健，以一种革命战士勇往直前的气势，强烈地打动着两个观众。"唱得好啊，真有感情！"两人交口称赞。

（18）郑大雄谦虚地说："我是B角。演A角的林缨同志出国访问了，他比我唱得好，特别是在向工农兵学习方面，他比我做得好。记得老林在辅导我演唱时，曾给我讲过一个向工农兵学习的动人故事……"

（19）郑大雄兴致勃勃地正想往下说，季长春打断了他的话："看来，我们的技术工作落后了！同志，应该给你们这儿的音响设备革个命，否则会影响演出效果。"小张也说："老李，到我们厂来吧。"

（20）从剧院出来，老季心里像烧了盆火炭，有一股异样的力量在搅动他的思潮。和小张分手时，他说："对于革命样板戏，我们可不能仅仅做个平常的观众啊。"小张点点头，似乎听出了他的言外之意，又似乎理解得还不够透彻。

（21）季长春回到家里，躺在床上却不想睡。"明知征途有艰险，越是艰险越向前。"这激昂的唱腔，在他耳边响着。没有先进的电子技术为人民的艺术服务，作为一个电子工人，他感到羞愧。他下决心明天就向党支部汇报、请战。

（22）第二天，季长春一早就来到阳台上做早操。复员多年来他始终保留着部队的生活习惯，思想上从没忘记自己是个战士，无论革命的浪涛把自己推到哪里，他都知道怎样寻找哨位和进攻目标。昨晚看戏时，他也发现了"敌情"。

（23）季长春知道，要在短时间里完成一台高传真调音控制桌，困难是很多的。他打开工作手册，把预料中的困难都记了下来，然后决定到厂里去，发动全组同志一起研究战斗方案。

（24）小组会上，同志们听季长春讲了昨晚看戏的事，纷纷议论起来。有的说："我们的技术跟不上先进的艺术，人家要问：'你们电子工人是吃干饭的吗？'岂不惭愧煞人！"有的说："光惭愧顶什么用，研究所那位先生不也'惭愧'么？"

（25）"对，我们要拿出实际行动。""试制组可不能关门搞试制。"大家热烈的议论，使副组长苏琪的脸有点发红。他扶了扶眼镜，对季长春说："根据需要，制订明年试制计划时，应该增加这一项目。"

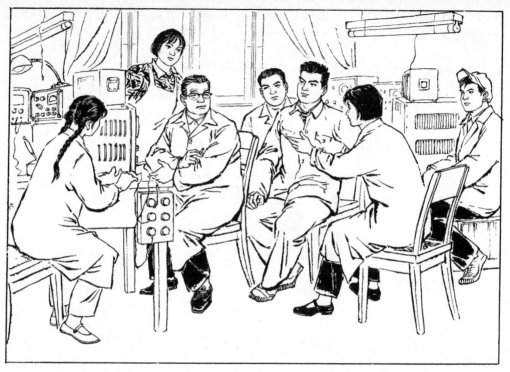

（26）苏琪是小张佩服的一个人，在小张眼里，他简直像本技术辞典，就是说话老爱带句"真不知天高地厚"，听着不是滋味。这回老苏要把试制任务搁到明年，小张急了："怎么，革'老黄牛'的命还能用老黄牛的姿态？"

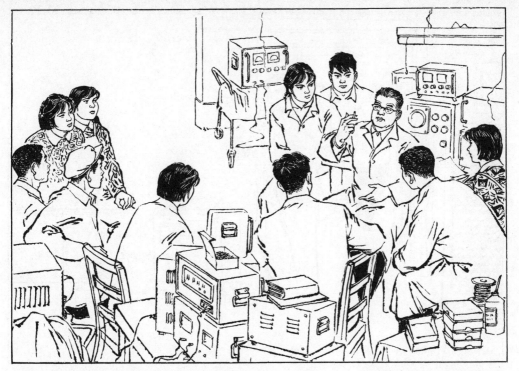

（27）老苏有点不高兴地瞪了小张一眼："真——"他想说"真不知天高地厚"，碍着季长春的面子，话到嘴边又咽了下去，改口道："试制调音控制桌我是有数的，头绪多、难度高。目前小组里工作又忙，要慎重啊。"

（28）正这么说着，下班时间到了，忽然有电话来通知，要季长春和老苏去生产组，说是剧团的老李同志来厂签订技术合同了。

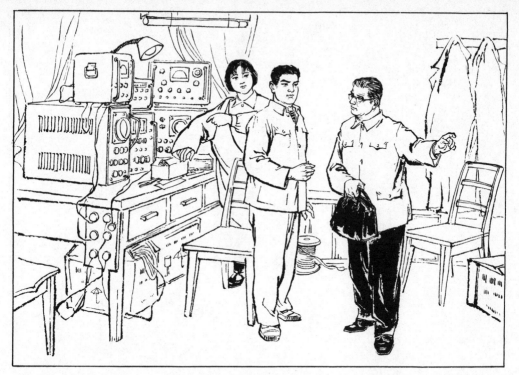

（29）季长春要老苏一块儿去签订合同。苏琪正凝神想着什么，听季长春一叫，不由微微一惊，连忙说："不巧得很，今天我有点事，要早点回家。"说着拿起拎包要走。

（30）季长春稍感意外，说："那你快回去吧，回头我再转告你。"苏琪连说："好，好。"匆匆走了。小张看着他的背影，不满地嘀咕了一句："怎么突然有事了！"

（31）季长春订技术合同有点特别，老李提出失真度小于1%，他改为小于0.5%；老李要求年底交货，他却说五月份交货，向毛主席《在延安文艺座谈会上的讲话》发表三十周年献礼；有些项目，季长春干脆写上"以需方满意为准"。

（32）订好合同，季长春心中充满了临战的喜悦，当晚来到苏琪家里。老苏经手签订过不知多少技术合同了，而现在季长春给他的这份，有些项目竟写着"以需方满意为准"。他不由叹了口气，连连说："被动，被动。"

（33）"被动在哪儿？"季长春认真地问。苏琪说："技术合同应当一榔头一颗钉钉死，做这种'以需方满意为准'的活络生意要吃亏的。"季长春直视着苏琪："支持革命文艺，当然要保证满意，怎么说是'活络生意'？"

（34）苏琪不语，点起了一支烟。季长春沉思了一会，语重心长地说："是啊，支持我们人民自己的文艺，这话说来可不容易。在旧社会，我们劳动人民哪里知道舞台有多高，座位怎么排啊！"

（35）一谈到这个话题，季长春深有感触："解放前，我父亲是个拉黄包车的。旧上海十里洋场，哪一家戏院门口不是印满了黄包车夫的脚印？可是看戏，却从来没他们的份。

（36）"我七八岁时，有一次拾煤渣经过一家小戏院，听见里面热闹，想伸头进去看看，一个穿长衫摇纸扇的家伙将我一把摔在马路上，恶声恶气地骂道：'小瘪三，这里也是你来得的么！'

（37）"我心里真恨啊，也顾不上摸一下擦破皮的膀子，抓起一把打翻在地的煤渣，对准他那个脑袋甩过去，然后撒腿就跑了。"

（38）说到这里，季长春话锋一转："解放后，人民才真正占领了舞台。我们为革命戏曲做一点工作，这是为了捍卫革命文艺路线啊！"

（39）苏琪讷讷地说："季师傅，你讲得对。可是，'看花容易绣花难'，技术指标定得这么高，我哪能不担心？"季长春摇摇头："老苏，'众人拾柴火焰高'，只要党支部决心大，大伙齐心干，有什么困难不能克服！"

（40）苏琪语塞了，他看看技术合同，说："如今是箭在弦上，不得不发啦！"季长春斩钉截铁地回答："只要认准了方向，老苏，我们就是'开弓没有回头箭'！"

（41）临走，季长春握着苏琪的手说："我们只能为革命戏曲增添光彩，而决不能给它带来丝毫失真。这并不是单纯的技术问题，我们做工作不能单想怎样做，更要多想想为什么做啊！"

（42）苏琪点着头殷勤地送走了季长春，回到屋里，呆了片刻，忽然想起："哎呀，我真糊涂，这合同上写的向《在延安文艺座谈会上的讲话》发表三十周年献礼，不就是今年五月份吗！？"

（43）他赶忙看看日历：三月十日——还有两个月光景。"我的天！去年为春江饭店试制会议音响控制桌，足足搞了半年哪！"苏琪鼻尖上沁出几颗汗珠，一拍膝盖脱口吐出一句，"真不知天高地厚！"

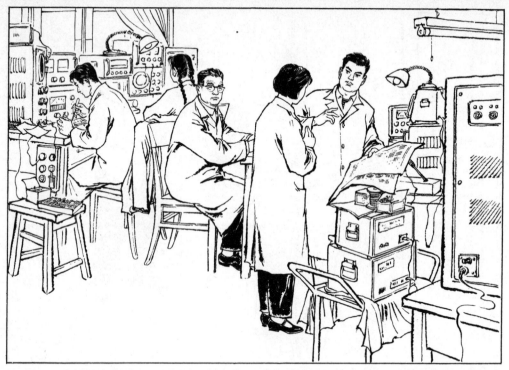

（44）调音控制桌投入试制。苏琪思想上有保留，他说："两个月交货，除非你们有诸葛亮'草船借箭'的本领！"小张只知道"草船借箭"的故事，却没有"草船借箭"的本领，她听得季长春笑笑说："群众要比诸葛亮高明啊！"

（45）季长春适当调整了小组里的工作，便和小张等人一起投入试制。这些天来，下班后，季长春便叫小张吃了晚饭一起到剧场去做义务工作人员。他说："人家织布的还去学卖布呢，我们造机器的不参加实际使用还行？"

（46）他们到剧场去，一个在机房里操作，一个在场子里巡回，用袖珍晶体管报话机相互联系，研究剧场每一个角落的音响效果。

（47）他们还和老李一起商量，对旧设备的不足之处一一记下，从而制订了新的调音控制桌的结构方案。革命的自豪感和责任心交织在季长春心头，从他身上迸发出旺盛的工作热情。

（48）小张也尝到了深入现场的甜头，她钦佩地说：“季师傅，你真行，总有些新点子。”季长春爽朗地笑了：“哈，你怎么糊涂啦？实践第一嘛！人的脑子像把刀，常在实践的砂石上磨磨，就锋利了。”

（49）回到家里，小张回味着季长春的话。虽然时近午夜，她还是打开毛主席的《实践论》，认真地读着、读着。她感到自己对季师傅更理解了。

（50）苏琪还是信心不足，他要看事实。一天上班时，他看见宣传栏前围了许多人，走近一看，上面贴着一张调音控制桌的电路图。苏琪发现，这电路吸收了不少新产品的长处，集中了群众的智慧，而从整体看，却是崭新的设计。

（51）他看到，前些日子他向季长春提出的一些技术建议，不少都在这里用上了。这张图纸打破了关门试制的陈规，使苏琪感到了一种鞭策。他暗暗称赞："老季有办法。"但又想：这还只是纸上谈兵。

（52）小张兴冲冲地走了过来："老苏，今晚讨论机箱结构，你打算拿出多少好点子来啊？"苏琪告诉她，季长春早征求过各方面的意见，已有了个初步设想啦！小张道："季师傅说你经验丰富，你得多多发挥作用呵！"

（53）下班后，季长春不知从什么地方搞来一捆细木条条。小张看了心里直纳闷：讨论结构，拿捆柴爿来干啥？苏琪也眯着眼打趣道："人家老木匠都改行搞电子工业了，你还拣这玩意儿干什么？"

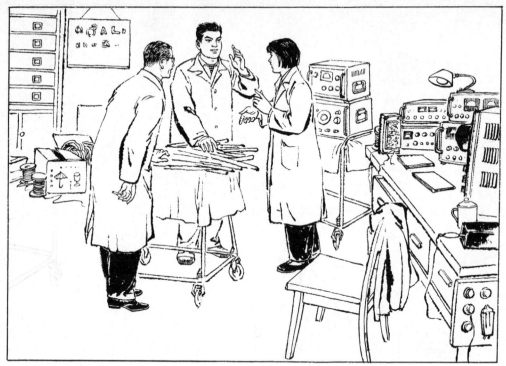

（54）季长春不慌不忙地说："设计机箱结构不是要先做草样吗，我想就用这个做，试试尺寸，能大能小，可拆可装，定下样子，再拿到金工车间去做正式的机箱，不是可以加快速度吗？"小张懂了："季师傅，你这又是实践第一！"

（55）"真是……真特别！"老苏不知怎么说才好。三人配合起来，小张报尺寸，季长春截木条搭架子，苏琪一面绘制草图，一面提建议。

（56）在大家的共同努力下，经过两个月奋战，一台高传真调音控制桌终于出来了。小张乐得笑眯眯的，苏琪也高兴地忙着打电话通知剧团的同志来试听效果。可是季长春好像还有什么不满足，绕着机器反复查看。

（57）季长春把一只大喇叭箱接上机器，耳朵贴上去听了会儿，突然喊了一声："不行！"苏琪吃了一惊。季长春向他做个手势："你来听，噪声！"苏琪耳朵凑上去听了好久，才听出有一点"丝丝"声，像晴朗的天空中飘过一缕轻云。

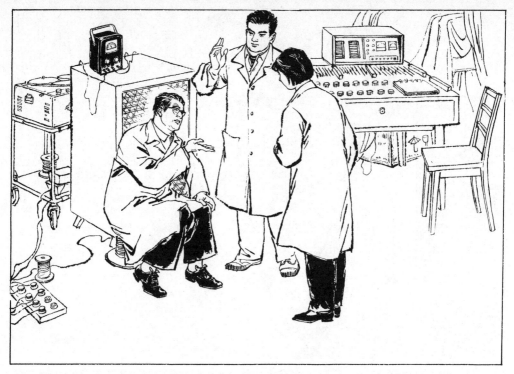

（58）"这算得了什么，吹口气也比这声音大。再说，剧场里那么嘈杂，谁会注意？"苏琪不以为然地说。季长春进一步提出："那么，在演出中的静场呢？那可直接破坏效果了。我们难道能马马虎虎算啦？"

（59）苏琪有点急了："哎呀季师傅，事情总得有个底呀！难道你不知道交货日期马上到了？""对呀，时间不能耽误，我们要继续进攻，再开个会好好研究一下。我这就去通知同志们。"季长春没等苏琪答话就走了。

（60）苏琪一屁股坐在椅子上，心里直嘀咕：季师傅这人啊，把什么都看成打仗，只知道进攻、进攻……小张也有点着慌，这机器里的线路像人身上的血管一样复杂，为了减少一点噪声，重作调整，那要花千斤力气呀！

（61）"季长春同志在吗？"门口传来一声询问，打断了两人的思路。小张一看，原来是演员郑大雄陪着一个同志来了，忙对苏琪说："怎么办？剧团的同志来听效果啦！"

（62）苏琪忙殷勤地上前接待。郑大雄指着另一个同志对小张说："这就是扮演杨子荣的A角演员林缨同志，最近刚从国外回来。搞音响的老李今天没空，我们俩一方面来看机器，顺便，林缨同志还要看看季师傅。"

（63）"你们请坐。季师傅马上就来。"小张热情地招待客人。苏琪这时心里一动，暗暗打了个主意："是啊，你们两位请坐一会儿。机器基本好了，不容易啊。来，我放一段录音给你们听听。"

（64）两个演员听了一段音乐，满意地交换了一下目光，连称音色优美逼真。苏琪也不答话，径自关掉录音机，请他们听听噪声。两个演员聚精会神地细听，老苏和小张目不转睛地注视着他们的脸色。

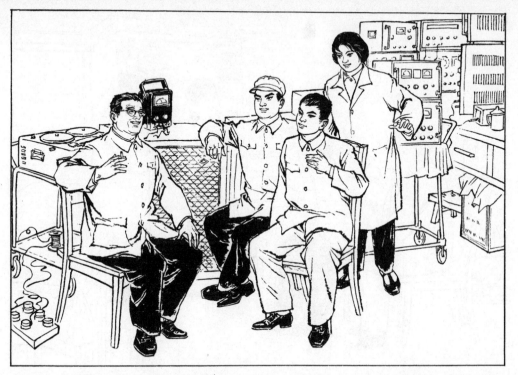

（65）"满意吗？"苏琪试探地问。郑大雄笑道："工人师傅艰苦劳动的成果，我们能不满意？"苏琪也笑了："合同上写着'以需方满意为准'啊，哈哈！"

（66）"这方，那方，都是为了一个共同的目标。"林缨热情地说，"革命戏曲的演出，离不开广大人民的关心爱护。就拿我唱'越是艰险越向前'这唱段来说，季师傅就是我难忘的老师。""你的老师？"苏琪、小张不解地问。

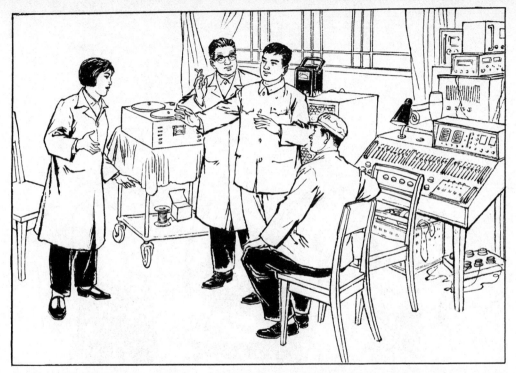

（67）郑大雄笑着对小张说："上次我不是说老林关于这个唱段讲过一个动人的故事吗？想不到故事的主角就是你们厂的季师傅。""快讲给我们听听吧。"小张急切地说。"那倒有意思！"老苏也很感兴趣。

（68）"好。这是几年前的事了。"林缨沉入回忆，"那年我们到东海前哨某部队深入生活。一次演出后有个战士找我提意见，说我表现杨子荣'越是艰险越向前'的英雄气概不够带劲，有点'失真'。这战士就是雷达班长季长春。

（69）"对他的意见，我开始还不大服气。一天黄昏，我随快艇出海演习，不巧遇上了风浪。战士们摩拳擦掌，庆幸这是个苦练杀敌本领的好机会；我却暗暗叫苦，即使站在颠簸较小的中甲板上，也还感到天旋地转，一阵阵恶心。

（70）"季班长关心我，正要扶我进舱。忽然雷达兵报告：无法跟踪目标。原来天线发生故障，不转了。怎么办？艇长紧锁着眉毛，问题看来很严重。

（71）"没有雷达，舰艇就成了瞎眼的猛虎，只能在海上瞎闯。要在平时，只需一个战士爬上天线杆检修就是了，可是现在，恶浪如山，呼呼的风简直要把甲板上的人都掀起来扔到海里去，谁还能爬上天线杆？

（72）“‘返航吧。’我轻声嘀咕了一句。季班长瞪了我一眼，检点好修理工具就往外冲。‘危险！’我不由自主地拉住他。‘同志，这是打仗！’他的说话声就像沉甸甸的铁块，摔在甲板上铮铮作响。

（73）“‘可是今天是演习。’我说。‘演习？’他直视着我的脸，‘同志，你是一个演员，当你演出时，尽想着这是演戏，你能演得好英雄人物吗？’

（74）"说完，他甩开我跑到艇长面前："报告，季长春请求排除天线故障。'在季班长带领下，好几位战士站出来请战。艇长拉了拉季班长身上的保险带，严肃地说："季长春同志，上吧！沉着些。'

（75）"'是，坚决完成任务！'季班长纵身一跃，上了天线杆。风浪打得快艇左右大幅度晃动，长长的天线杆像钟摆一样在海空摆动。季班长迎着风浪一步步向上攀登。刹时，呼啸的风，狂吼的浪，好像都从他的面前消失了。

（76）"顿时，天线又缓缓转动，季班长的身影开始下移了。同志们高兴地向季班长欢呼，我紧握他的手，激动得说不出话来。他却淡淡一笑，马上奔回自己的岗位。

（77）"我忽然觉得手上有点湿漉漉的，心想大概是季班长的汗水，低头一看：沿着我右手的虎口，抹上了一片殷红的血迹。这是英雄的血啊！惊涛骇浪，丝毫撼不动他那英雄虎胆哪！

（78）"就这样，季班长以他的英雄行动，教给了我什么是'越是艰险越向前'的精神。从此，每当我演出杨子荣时，我就会想到这个惊心动魄的场面。"林缨说到这儿，眼里闪着激动的光彩。

（79）苏琪被老林这个有声有色的故事所打动，半晌才说："老季真不简单，不减当年勇，仍是个'越是艰险越向前'的英雄！"这时，走廊里响起一阵"噔噔"的脚步声。"季师傅来啦！"小张激动得声调也有点异样了。

（80）"季班长！"林缨一个箭步上前，紧握着季长春的手。两人都沉浸在久别重逢的喜悦里。郑大雄在一旁说："季师傅，你们的调音控制桌搞得真好，我们听了很满意。"

（81）"不，不能满意。噪声还嫌大，我们一定要攻下这最后一关。"说话的却是苏琪。季长春惊喜地看着他："老苏，你——"小张大声说："季师傅，我们也要'越是艰险越向前'！"

（82）林缨和郑大雄被这场面感动了。郑大雄说："你们这种精神真值得我们学习。"小张不安地摇摇手："哪里，我们只是想，不能像老李上次讲起的那个研究所的技术员那样，而要学习杨子荣，迎着困难上。老苏，你说是不是？"

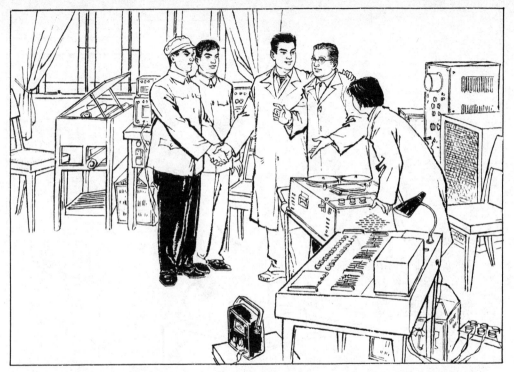

（83）苏琪的脸涨得绯红："小张，不瞒你们说，那个技术员就是我呀。"他擦了擦额上的汗珠，"我就是从那以后到'五·七'干校学习了一段时间，再调到工厂来的。这一回是造了机器又改造人啊。"

（84）"老苏！"季长春走上前去握着苏琪的手，满心高兴。"啊，真有意思！"小张禁不住拍起手来。林缨也不住口地赞叹："真是太富于戏剧性了！"

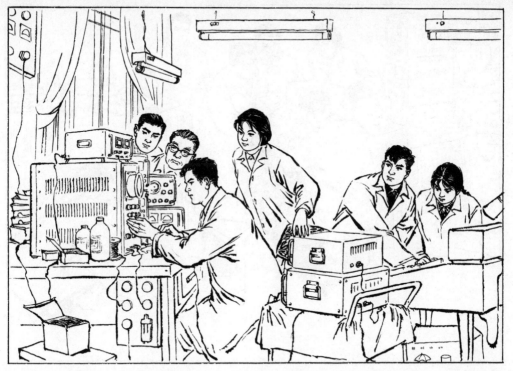

（85）这天晚上，试制大楼里，洁白的灯光底下，季长春、苏琪、小张和同志们一起投入了攻克噪声的战斗。夜很静，指示灯晶莹闪亮，仪表指针轻捷地摇晃，时光悄悄地流逝。

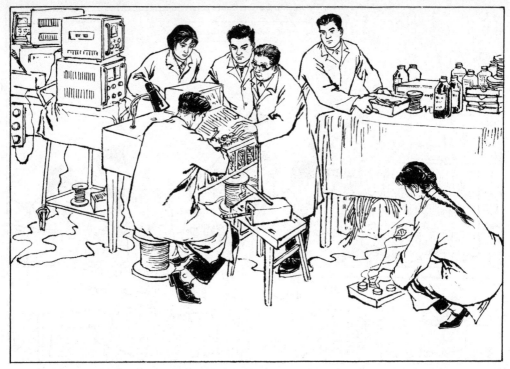

（86）他们一遍又一遍地调整线路，像细心的姑娘刺绣最心爱的图案；他们一次又一次地反复试听，像警惕的哨兵侦察最复杂的敌情；他们一回又一回地集中讨论，像严格的医生会诊最疑难的病症。

（87）终于，胜利的喜悦跳上了大家的眉梢，机器的噪声听上去越来越小，逐渐消融在春夜的宁静中了。是啊，革命就要进攻！胜利，属于敢于进攻的战士！

（88）五月，江南春浓。工农兵剧院里，纪念毛主席《在延安文艺座谈会上的讲话》发表三十周年的演出即将举行。三位特别观众，应邀前来试听高传真调音控制设备的音响效果。

（89）演出结束，在一片赞扬声中，观众像潮水般地涌出剧场。三名特别观众走向舞台，老李、郑大雄和还未卸妆的林缨热情地招呼他们，老李感激地说："今天演出效果真好，谢谢工人师傅的支持。"

（90）季长春谦虚地回道："这是我们分内的事。杨子荣'越是艰险越向前'的革命精神，一定会成为我们继续革命的动力。"林缨说："我们还要不断地向人民学习，提高演出水平。"

（91）苏琪和老李又见面了。两人相视而笑，一个说："试制这台机器，对我可是一场深刻的教育。"一个说："这样看来，真可以建议编剧同志把你们编到戏里去呢。"

（92）"那怎么行？"小张连连摇头，"我们只是几个观众呀！"林缨笑了："你们是几个特别观众呢！我们台下的满座观众中，像方海珍、江水英、杨子荣那样的英雄人物，一定不少。他们是文艺的真正主人。"

（93）季长春紧紧拉住林缨、老李他们的手说："是啊！人民的文艺之花，要靠人民来栽培，从这个意义上说，台下每一位观众，都是特别观众。"

盛亮贤，1919年生于上海青浦。早年喜爱美术，自上世纪五十年代初开始，先后担任新美术出版社和上海人民美术出版社连环画创作员。擅长现实题材创作，在大力塑造社会主义新人新风尚的年代，他的绘画才能得以充分施展，塑造出的人物形象生活气息浓厚、鲜活有趣。他的作品如《寻人》、《为了六十一个阶级弟兄》、《木匠迎亲》、《枯木逢春》、《红色宣传员》、《锻炼》等，在读者和同行中产生很大的影响，颇受好评。其中，他与沈悌如合作的《木匠迎亲》还荣获了首届全国连环画评奖绘画三等奖。

吴冰玉

吴冰玉，1934年生，江苏无锡人。1954年毕业于华东艺专（今南京艺术学院）。相继任职于吉林省美术创作室、吉林人民出版社、浙江美术设计公司、上海人民美术出版社等单位，先后担任美术设计、美术编辑、连环画创作等工作。现为上海美术家协会会员、上海连环画研究会会员、上海绿州画院艺术总监。擅长连环画、中国画、年画，作品多次参加全国美展及上海市美展。连环画绢本《青蛙骑手》获1986年第六届全国美展"佳作奖"，继获上海市首届（1984—1986）文学艺术奖二等奖；1987年获中华人民共和国新闻出版署及中国出版者协会颁发的"荣誉证书"；1991年获第四届全国连环画"荣誉奖"。

刘恩鸿，1951年生于上海。曾在上海仪表电讯工业局下属企业工作，历任工人技术员、工程师、技术开发部主任。长期从事现代设计及美术绘画创作，现为上海绿洲画院画师。

刘恩鸿的艺术创作面较广，在油画、国画、连环画、水粉画等方面均有涉足，作品多次参加上海美术展览。先后在上海人民美术出版社、《连环画报》、《浙江画刊》等出版和发表连环画十数种，主要有《缚龙岭上战妖风》、《堡垒·岗位》、《电视塔下》、《新委员》、《典型发言》、《妙师与知音》、《特别观众》等。

盛亮贤主要连环画作品（沪版）

《人民空军破冰霸》新美术出版社1952年版

《寻人》（合作）上海人民美术出版社1958年版

《攻克水下堡垒》上海人民美术出版社1959年版

《木匠迎亲》（合作）上海人民美术出版社1960年版

《为了六十一个阶级弟兄》（合作）上海人民美术出版社1960年版

《枯木逢春》上海人民美术出版社1962年版

《捕羊风波》上海人民美术出版社1963年版

《红色宣传员》（合作）上海人民美术出版社1964年版

《锻炼》（合作）上海人民美术出版社1964年版

《好榜样》上海人民美术出版社1965年版

《白求恩》（合作）上海人民出版社1973年版

《老槐树的秘密》（合作）上海人民出版社1976年版

《07海区的战斗》（合作）上海人民美术出版社1978年版

《巧攻葛家堡》上海人民美术出版社1981年版

《白衣女侠》（合作）上海人民美术出版社1985年版

吴冰玉主要连环画作品（沪版）

《侦察小英雄郭滴海》上海人民美术出版社1960年版

《红领巾养兔场》（合作）上海人民美术出版社1961年版

《待客如亲人》（合作）上海人民美术出版社1961年版

《特别观众》（合作）上海人民美术出版社1974年版

《青蛙骑手》上海人民美术出版社1982年版

《百鸟衣》上海人民美术出版社1983年版

《五彩带》上海人民美术出版社1984年版

《丁丁捕盗记》（合作）上海人民美术出版社1985年版

刘恩鸿主要连环画作品（沪版）

《特别观众》（合作）上海人民出版社1974年版

《新委员》（合作）上海人民出版社1975年版

《电视塔下》（合作）上海人民出版社1976年版

《典型发言》（合作）上海人民出版社1976年版

《堡垒·岗位》 上海人民美术出版社1977年版

《缚龙岭上战妖风》 上海人民美术出版社1979年版

图书在版编目 (CIP) 数据

特别观众／上海仪表电讯工业局工人文学创作组编文；盛亮贤，
吴冰玉，刘恩鸿绘. 一上海：上海人民美术出版社，2013.6
ISBN 978－7－5322－8501－3

Ⅰ.①特… Ⅱ.①上… ②盛… ③吴… ④刘… Ⅲ.①连环画—作
品—中国—现代 Ⅳ.①J228.4

中国版本图书馆CIP数据核字 (2013) 第111150号

特别观众

| 编　　文：上海仪表电讯工业局工人文学创作组 |
| 绘　　画：盛亮贤　吴冰玉　刘恩鸿 |
| 责任编辑：康　健 |
| 出版发行：上海人民美术出版社 |
| 　　　　　（上海长乐路672弄33号） |
| 印　　刷：上海中华商务联合印刷有限公司 |
| 开　　本：787×1092　1/32　3.375印张 |
| 版　　次：2013年7月第1版 |
| 印　　次：2013年7月第1次 |
| 印　　数：0001－3500 |
| 书　　号：ISBN 978－7－5322－8501－3 |
| 定　　价：30.00元 |